¡Diache!

Entre telas del viejo cajón

Solangedar 2013

¡Diache!Entretelas del viejo cajón
Primera edición
©2013 Nora Cruz – Solangedar
Todos los derechos reservados

Colectivo Editorial La Liga de Poetas del Sur Inc.
http://noracruzpr.wix.com/la-entintada
solangedar@gmail.com

ISBN-13:978-1492240181

ISBN-10:1492240184

AGRADECIMIENTOS

Al maestro escritor del universo, el que me ha regalado esto talentos.

A todo el colectivo de amigos que ayudó a corregir mi trabajo.

A mi maestro William Mejía de República Dominicana, por darme la motivación necesaria de darle forma a mis primeros apuntes.

A mi amiga la profesora Ana Delia Colón, quien tomó de su tiempo para hacer las primeras correcciones gramaticales.

A los jóvenes Ángel Rivera y a Natalie Martínez (de la Liga de Poetas del Sur) por ofrecerme todo su apoyo y su tiempo con sus ideas para los títulos.

A mi compañero José por su paciencia, apoyo y admiración hacia mi trabajo.

Al componente familiar que componen mis hijo(a) s y compañer(a) s mis hermanos, cuñadas, mis nietos y sobrinos, quienes son mis fanáticos primarios.

A todos mil gracias. Disfruten de estas lecturas.

¡cuentos y más cuentos!

TABLA DE CONTENIDO

A la sombra de la sombra ---------------------------5

A través del velo ----------------------------------- 7

Como ladrón en la noche ---------------------------- 10

Desagravio al escrito---------------------------------14

El diario que robé------------------------------------19

El legado --- 28

El macho man ---------------------------------------33

El pañi --37

Entre las cortinas de la pared ------------------------41

Espejo en lágrimas-----------------------------------43

Fetos en gestación -----------------------------------47

http://estupidoseinfieles.com/------------------------54

La mariposa de alas plateadas ----------------------56

Niñerías--- 62

¿Ojos abiertos a la esperanza?-----------------------64

Perforación embrujada------------------------------68

Pesadilla --72

Rezo en silencio---- --------------------------------75

Rutinas de este siglo---------------------------------78

Sarcófago para una moribunda---------------------- 83
Tardío arrepentimiento-------------------------------88
Viajero Inmóvil --------------------------------------90

A LA SOMBRA DE LA SOMBRA

—¿Por qué no te enamoras de mí?, sonreía pícaramente mientras lo miraba reflejado en el espejo de la vitrina de la tienda de sombreros.

—Porque no. Una sonrisa misteriosa acompañó aquella varonil contestación.

Besos tiernos y apasionados, fuego encendido sin querer apagar. Aventura total.

Excitante, llena de experiencias nuevas y deseadas, Lola se fue a vivir con Agustín a su apartamento, lugar al que tuvo que darle toque de luz femenina en aquellas paredes llenas de polvo las que albergaban un lecho frío y vacío de amor. La pasión a manos llenas durante las noches y las madrugadas. Lola se sentía inmensamente feliz pues experimentaba lo que la vida le regalaba a sus cincuenta años. Sin embargo, había momentos raros en los que Agustín cambiaba. Se tornaba raro, misterioso.

Una noche, tarde ya de madrugada, esperaba a su hombre que no llegaba. Cerca de las tres de la mañana escuchó su llegar, se detuvo en la puerta, oscilando sobre su eje. Su cara lucía distorsionada, su quijada apenas podía mover los músculos de su cara para decir algo, su cuerpo sudado, con olores de noche callejera.

_ ¿Por qué? , replicó Lola sollozando.

_No sé, balbuceó, quedando semi-inconsciente allí en el sofá hasta quedar en un sueño raro. Lola lo observó hasta que salió la luz del día. Allí seguía aquel cuerpo de donde salían olores que se mezclaban con aroma de eucalipto, alcohol y sudor. Lola contempló todo por horas, se levantó, escribió una nota, recogió algunas cosas y salió de aquel apartamento donde creyó pudo ser feliz.

La nota decía: «Ya sé por qué no te puedes enamorar de mí.»

A TRAVÉS DEL VELO

Crisy era feliz. Todo estaba listo. Los trajes de las damas, los accesorios de las cabezas, los zapatos satinados ya pintados… Los caballeros ya habían separado las etiquetas y solo faltaban algunos por entallar. La coordinadora, por su parte, se había encargado prácticamente de todo lo demás.

Crisy era feliz. Ahora sí, le había llegado la felicidad. Hacía cinco años que conocía a Leonardo. Se trataron por un año y convivían en su pequeño apartamento de estudiantes universitarios. Tenían muchos planes, pues ya casi finalizaban sus estudios y en el trabajo a tiempo parcial que ambos tenían, les habían prometido nuevas ofertas de trabajo una vez terminaran sus carreras.

Crisy era feliz. Varios años atrás su alma se había llenado de amargura al recibir la traición de su ex novio Enrique. Le hablaba de casamiento y se había hecho de ilusiones. El que el fuera unos años mayor que ella le hacía sentir segura y protegida. Una tarde de domingo le explicó que tenía que decirle algo muy importante. Le confesó que existía una chica y que lamentablemente tenía que romper con ella para cumplir con la otra chica. Crisy no podía entender la bajeza de aquella situación. A las pocas semanas, toda dolida decidió salir al centro comercial. Lo vio de lejos acompañado de una joven a la que evidentemente se le notaba su estado avanzado de embarazo.

Crisy era feliz. Con Leonardo todo era diferente. Entre ellos no había secretos. Todo marchaba de excelencia. Los preparativos para la boda marchando excelentemente. A solo unas semanas se casarían y serían felices por siempre. Esa noche Leonardo llegó, cenaron juntos y se sentaron a ver televisión. En un tono muy lastimero, Leonardo le confesó a Crisy que no se podía casar, que había intentado grandemente cumplir con ella pero que algo le sucedía que no le permitía dar ese paso. A los sollozos de Crisy, él le indico que aunque que no le había sido infiel, no se sentía cómodo al lado de una mujer.

Crisy es feliz. Han pasado seis meses. July la entiende a perfección. La mima, la atiende, la complace, la respeta, la adora. Ella sí que sabe hacerla feliz, al fin y al cabo… es mujer.

COMO LADRÓN EN LA NOCHE

No hay quien se resista a una tentación. ¿Cómo resistirse a los encantos de esta chica que me trae loco? Sé que le gusto, su mirada es provocativa y me lleva a dimensiones que hacen que mi hombría se eleve y desprenda chorros de gozo y satisfacción. Yo tengo que hacer algo para tratarla más íntimamente. Ayer supe que su marido trabaja en la fábrica en el turno de noche. La condenada se queda solita sin nadie que la caliente. Tengo que planificar algo y pronto porque ya no aguanto. De noche y de día esa mujer se me mete por cuanto poro tengo y ya no resisto más.

Así era Chito, con apenas veinte años, joven pintoresco, alegre y muy anhelante de aventuras sexuales con mujeres mayores.

Los días pasan volando en este mundo de stress y de prisa continua. Un día a veces se siente como si fuera un segundo. Una semana pasa muy rápido. Chito no dejaba de pensar cómo y cuándo tendría la oportunidad de saborear el manjar que Doña Julia parecía ofrecerle. Soñaba con acariciar su cabellera risada, la que brillaba con colores rojizos como fuego de tarde. Se veía acariciando aquel cuerpo lleno de curvas y deleitosa piel. Sentía que sus latidos se tornaban rápidos cuando imaginaba como sería ese momento en que pudiera hacerla suya.

Todo pasó casi de inmediato, ella le dijo que sí, que podía ir a la casa, tarde en la noche, que dejaría el portón abierto. No podía contener la emoción. Compró ropa nueva y sexy, se acicaló con esmero y ya temprano estaba en su sala mirando el televisor sin ver. Lo único que veía era el rostro de aquella mujer que lo traía loco. De vez en cuando se levantada y volvía a mirarse en el espejo para ver cómo se veía, arreglaba la camisa se pasaba la mano por la cabeza, se retocaba el casi sin pelo de bigote y de vez en cuando volvía a echarse un poco de perfume. Cada vez estaba más ansioso, sentía que el corazón le iba a reventar.

Cerca de las nueve de la noche salió de su apartamento, mirando de vez en cuando por si alguien se daba cuenta que había salido. Total era muy natural que él, un hombre joven y soltero saliera a pasarla bien con alguna chica.

Tal como ella lo había dicho el portón estaba abierto. Tocó la puerta y allí estaba aquella mujer. Terriblemente hermosa con una bata transparente que hacía notar lo que por meses él había imaginado. ¡Qué líneas, que sensualidad!

Ella le sonrío coquetamente y de un tirón lo hizo entrar. Temblaba. ¡Qué rica estaba esa mujer!

Le pidió, o más bien lo acomodó en el sofá y comenzó a quitarle la camisa, casi desprendiéndole los botones, lo besaba con gemidos muy sensuales y al oído le decía frases que expresaban el deseo que ella también sentía por intimidar con él.

Chito estaba confundido por la seguridad y el ataque sensual de aquella mujer, la creía más tímida, más cálida, pero tampoco le molestaba, el solo deseaba tenerla y hacerla suya.

Todo iba con mucha prisa, mucho fogueo, muchos gemidos y suspiros de pasión. Se acercaba el momento de penetrar en ella toda aquella pasión escondida y ocultada que tenía. El agite era sabroso, angustiosamente sabroso. Aquella mujer se contoneaba en su cuerpo como una serpiente venenosa a punto de dar la mordida.

Estaba muy ansioso, Trató de aguantar, pero justo en el momento en que sus fuerzas se iban a juntar para bailar la danza de la sabrosura… un torrente de fuerza masculina brotó como manguera apagando fuego.

Así mismo fue…apagó el fuego en aquella mujer la que se tornó burlona y despreciable.

__ ¿Eso es todo lo que tienes? ¡Ay por favor mi marido lo hace mejor! Te veo nene ¡No das la talla!

__Te recomiendo hagas ejercicios de respiración y aguante, reía burlona, sarcástica y endemoniadamente, dueña y señora de la situación.

Chito salió de aquella casa humillado en su masculinidad y hombría.

DESAGRAVIO AL ESCRITO

__ ¡Maldita sea! ¿Cómo pude? Era el mejor, la historia de Catalina. Y no me acuerdo de nada, lo escribí así de una tirada. ¿Qué diantres escribo ahora? ¡Quiero la historia de Catalina!..¡Qué estúpida fui al no darle "safe"! ¡Tanto trabajo!

__Catalina… me dio pena la historia de ella. Mujer buena pero asfixiada en su rutina. Tantas cosas útiles que hay por hacer y ella hundiéndose en su propia mierda.

¡Qué fastidio las partes más descriptivas y hermosas ahora no me salen! ¡Diantres!

Su marido era Joaquín un pensionado, bonachón mucho mayor que ella. Por su parte Catalina trabajaba de recepcionista diciendo lo mismo mil veces al día. Llegaba a la casa y allí el bonachón de Joaquín ya le tenía comida, Catalina aborrecida de lo mismo, lo mismo, lo mismo. (Tantas cosas que se pueden hacer, que boba.)

__¡Ay Dios no me sale!, ¿Cómo pude extraviar los papeles de mi cuento?

Un día las amigas la convencieron de salir con ellas a divertirse un rato. Le dijo a Joaquín que una de las chicas cumplía años y que se iban a quedar hasta tarde. El bonachón de Joaquín se puso bien contento y le deseó que la pasara bien.

__ ¡Me voy acordando… me voy acordando!

Las chicas súper contentas con Catalina. El lugar tepe a tepe o sea totalmente lleno pues era viernes. Música estruendosa y los hombres en atento asecho a ver cuál sería la presa de esa noche. Las mujeres solas sentadas cerca de la barra para tener mejor visión de quienes estaban.

Catalina recordaba que en sus años de adolescente era una excelente bailarina pero como el bonachón de Joaquín no bailaba, había dejado de hacerlo. Las chicas le decían que lo aprendido no se olvida así que le buscaron parejo y bebidas.

Aunque se sentía extraña en aquel ambiente se iba animando poco a poco. No acostumbraba a beber, mas todas las demás lo hacían. Risas, baile, música, manoseos de los asechadores…Catalina se sentía mareada pero no quería lucir ridícula ante las demás así que poco a poco se fue uniendo a aquel ambiente tan vacío y tan extraño para ella.

Pasaron las horas y el aturdimiento no solo estaba en Carolina sino en las otras que señalaban entre risas y bromas que Catalina les había dado suerte pues casi no habían tenido que comprar bebidas las que constantemente le obsequiaban.

Ya pasadas las dos de la mañana se despidieron de los nuevos amigos. Su amiga le pidió que se sentara al frente para que fuera su copiloto y le diera conversación.

Catalina cerró sus ojos por un momento. Recordó al bonachón de Joaquín, quien debía estar en su sillón reclinable con la cabeza de lado, viendo la tele que ya no tenía programación.

Sonrió mientras recordaba cómo, durante los doce años que llevaba compartiendo con su Joaquín nunca le había faltado nada, siempre había sido atendida como una reina. No tuvieron hijos así que los primeros años la pasaban de crucero en crucero, disfrutaban de turismo interno y gustaban de ir al cine con frecuencia. Solo estaban ellos dos para quererse.

Y se amaban. Joaquín siempre le decía que ella era su vida. No se sabe cómo pero los últimos años cayeron en una rutina de no hacer nada, Joaquín era conforme, Catalina comenzaba a sentir hastío.

Una luz tenue acarició su rostro. Recordó nuevamente al bonachón de Joaquín y sintió una pena infinita y hasta cierta culpa de no haber realizado otras tantas cosas para mantener la chispa de energía es su relación. ¡Tantas cosas que se podían realizar!

La luz se expandía en su rostro. ¡Qué bueno era Joaquín! Siempre le pedía excusas porque no le podía dar lo que ella quería: hijos. Se sonrió, y pensó que muchas veces no fue lo suficiente comprensiva con él, que la culpa era de ella porque se podían inventar diferentes actividades en donde los dos pudieran pasarla mejor.

Despertó. El chillido de gomas era infernal, la luz era potente y la cegaba. Se sintió que volaba por los cielos y pensó en Joaquín. Un dolor inmenso se apoderó de todo su cuerpo. Sintió que todo se acababa en ese instante.

Mucho, mucho dolor de años compartidos y perdidos con el bonachón de Joaquín.

__ ¡Perdóname Joaquín, te amo! Fue lo último que salió de su boca.

EL DIARIO QUE ROBÉ

(Efesios 4:28) El que hurta, ya no hurte más, sino, más bien, que haga trabajo duro, haciendo con las manos lo que sea buen trabajo, para que tenga algo que distribuir a alguien que tenga necesidad.

Paseaba por uno de estos pasillos desiertos de la universidad en un sábado. Aburrida de ver lo mismo y en el mismo lugar; el mismo chico de siempre, sentado en el mismo banco y la máquina con los mismos dulces.

Decidí sentarme en el área verde para encontrar algo que hacer, ya había estudiado para la clase, ¿Qué más? Contemplé el mural en honor a, Antonia Martínez, la chica que mató el policía cuando las protestas del en la Universidad de Puerto

Rico. Mi mente se fue en un viaje; el disparo, los gritos, la injusticia de aquel asesinato, el de los chicos del Cerro Maravilla, el de Filiberto Ojeda, el del nene Lorenzo, el de la esposa del abogado que encontraron apuñalada...sucesos tristes que han ocurrido en mi país. Retorcí mi cuello tratando de quitar todas esas figuras ensangrentadas que surgían en mi mente en contraste con aquel espacio de quietud.

La yerba estaba ricamente húmeda lo que producía un bienestar plácido que calmaba mi ser. Me sentí bien y me recosté en el árbol escogido, busqué en mi bulto el celular para leer un poco. Al mover mi mano, sentí el otro objeto, busqué, estaba en un boquete de raíces…un libro. Lo abrí curiosa, al fin contenta de encontrar algo distinto que hacer. Un diario…fechas, poemas, notas, muchos apuntes, más poemas, leí el final…

Cerré el diario y miré hacia todos lados, ¿Cómo dejaron aquello allí? ¿Sería a propósito o fue que se le cayó a la persona y ésta no se dio cuenta? Volví a abrirlo y leí aquel final, miré a Antonia y recordé a tantos otros. Me sentí ladrona, pero no había nadie alrededor, todo vacío. Me levanté y cotejé el celular, faltaba una hora, el chico de los sábados seguía allí y esta vez hablaba con alguien por teléfono. Me fui al hospedaje y leí.

La chica lo conoció como parte de un encuentro de ambientalistas, ella defensora del ambiente y él, con una mente de negociante en donde lo que interesaba eran los millones que se pudieran sacar de la construcción de un resort. El ambiente no contaba, el arquitecto a quien se alude, estaba en una etapa de desesperación ya que cerca de un año había sido demandado porque el negocio de la construcción de un complejo turístico en el área de Piñones (sector playero al norte de Puerto Rico), había fracasado. Unas inundaciones en toda la isla ocasionaron que parte de la construcción no se continuara y los que aportaron dinero demandaron al fulano arquitecto.

El encuentro fue casual, ella entregaba hojas sueltas e información sobre la organización ambiental a la que pertenecía y dialogaron, o más bien él se interesó en conocer más sobre los lugares en el sector conocido como el Bajo de Patillas. Ella muy entusiasmada se comprometió a llevarlo a conocer las hermosuras del sur. La "amistad" fue tomando un curso ambientalista mezclado con una relación sentimental en donde aquel hombre que podía ser su padre le comentaba sobre sus proyectos, su familia y sobre todo su deseo de salir de aquella situación económica en la que estaba. Siendo un hombre de familia acomodada, con una esposa abogada, no podía aceptar estar en la ruina.

Llegó a comentarle sobre ciertos proyectos en los que contaría con la ayuda de varios "negociantes" que aportarían cuantiosas cantidades para el desarrollo de tales proyectos, pero sin muchos detalles.

Las salidas se hicieron más frecuentes, ya no se hablaba tanto de las luchas en pro del ambiente sino que el ambiente se convirtió en su propia vida. La joven universitaria se internó en un mundo amoroso donde la fusión entre ella y su arquitecto se convirtió en una aventura. Ella le enseñó cómo llegar a lugares insospechados llenos de hermosura ambiental, donde se recreaban no solo en gozarse de la naturaleza sino en compartirla amorosamente. Se sentían únicos en el universo, pasaban desapercibidos entre los que le rodeaban, lo que hacía cada vez más frecuente los encuentros "ambientalistas".

El arquitecto seguía trabajando en su proyecto ambicioso y ya tenía en su poder mucho dinero el que iba a invertir en el nuevo resort en el sur.

Dejó de comentarle sobre sus planes, no pensaba retroceder ante aquel ambicioso proyecto. Ella no iba a aplaudir tal idea, así que mejor que se enterara después.

Pasaron los meses, la ruta hacia el Lago de Patillas era la agenda del día. La joven había conseguido una casita de playa que pertenecía a un anciano pescador muy amigo de ella. Esta casa se usaba para reunir a la familia en los veranos. En los días de encuentro, pasaban todo el día y en la noche el regresaban a la zona metropolitana.

Ese día salieron más temprano pues él tendría una reunión con los inversionistas del proyecto. La joven universitaria estaba en silencio durante todo el camino. Él lo notó pero no quiso preguntarte nada. Una vez llegados al sitio ella le cuestionó que si era verdad que él iba a trabajar un proyecto turístico en el Bajo de Patillas. El arquitecto le preguntó que cómo se había enterado, a lo que ella respondió con mucho coraje que ya el grupo ambientalista lo sabía y se preparaba para utilizar todas las estrategias de lucha que fueran necesarias para evitar tal proyecto.

El arquitecto le respondió con tono dominante que ninguno podría hacer nada porque los ricos eran los que tenían el poder. La cara de espanto, de sorpresa, de confusión plasmó un sentimiento de dolor en la joven. No podía entender que su amado fuera aquella persona que le hablaba en aquel momento. Por meses ella había creído que él. Siempre había pensado que él también estaba en la defensa del ambiente y que en su pensamiento jamás podría tejerse un proyecto como el que pretendía crear. ¡Dañaría todos los acuíferos, la pesca y los pescadores, todo se verían afectados!

Con inmenso dolor le dijo que tenía que cuidarse, que entre las personas había pescadores que ya estaban cansados de tanto abuso y que podían cometer cualquier fechoría contra personas o maquinarias con miras a detener el proyecto.

Abrazándola le dijo que no se preocupara que nada iba a pasar y que el trataría de que el ambiente no se dañara, Regresaron a San Juan en silencio. Le explicó en el camino que el hablaría con los inversionistas para ver qué cambios se podrían realizar, pero que tenía que hacerlo con mucha cautela pues estas personas una vez que daban dinero se tornaban en individuos dominantes que exigían el doble de lo que daban. La joven no comentó nada, en silencio, total silencio. Ella regresó a su apartamento y él a su reunión con los grandes del dinero.

Esa noche la joven tuvo pesadillas. Soñaba que subía por la cuesta hacia el faro cuando de pronto una fuerza enorme la tomaba por los pies y la arrastraba hacia la orilla del acantilado. La fuerza era tan descomunal que no se atrevía a voltear para ver que era, sentía miedo, y se aferraba a la tierra, tratando de no caer. La fuerza seguía, su corazón comenzó a doler, más bien a arder, no podía abrir la boca para pedir ayuda, no se atrevía a abrir los ojos, porque presentía que aquello era horrible. Con sus ojos cerrados veía caras, algunas conocidas, los pescadores, gente encapuchada, de donde salía mucho dinero. Logró zafarse. Un brazo se extendió para agarrarla, el arquitecto estaba allí sonriéndole. Trató de abrir los ojos, gritar, solo daba cortos gemidos y no despertaba. Si abría los ojos moriría porque lo que representaba la fuerza estaba allí, en la habitación. Trató entonces de buscar el rostro del amado y solo vio el reflejo de una sombra, un golpe fuerte, seco, su amado la soltó y cayó al vacío. Gritó con todas sus fuerzas y quedó despierta, sudorosa, con dolor en el pecho y en su brazo. Miró sus manos vio las marcas en ellas, sintió pánico. ¿Había sido un sueño? ¿Era algo tan doloroso que no pudiera recordar? Llamó a su amado… Nadie contestó.

EL LEGADO

Luchó para tener dinero, que con mucho esfuerzo logró tener. Con sus propias manos fabricó su propio hogar el que llenó de adornos y recovecos que aunque lo hacían lucir bonito lo recargaban demasiado. Era como si esos adornos y decorados llenaran tanto la vista para que el que llegara de visita de deslumbrara con todo lo que veía y no se diera cuenta que allí en todo aquello faltaba algo esencial o tal vez habitaba Soledad.

Todos los días iba a la ferretería o a la tienda de cosas del hogar e inventaba algo. Cuando ya no encontraba que hacer rompía lo hecho y comenzaba una nueva decoración. Los vecinos decían que la casa parecía un museo. Él lo tomaba como el mejor piropo a su trabajo artesanal. En las noches, cuando ya no encontraba que más hacer, su rostro se tornaba duro, serio, hasta hostil.

Prendía el televisor y se quedaba dormida hasta la madrugada, agotado de la posición, se iba al inmenso cuarto entre colchas y edredones y terminaba de dormir. Temprano en la mañana volvía a sus rutina enfermiza de trabajar en su mansión.

Un día llegaron unos familiares y lo obligaron a que pasara unos días con ellos en una casa de playa en otro pueblo distante. Se tuvo que batallar con ganas para que pudiera salir de su prisión. No quería dejar su casa, ¿Quién se la iba a cuidar?

A regañadientes su hermano mayor lo obligó destetarse por unos días de la mencionada casa.

Decidió ir y una vez allí, se sentó bien. La playa era de arena blanca, cálida a la piel, la familia se sabía divertir en grande, en las noches cantaban recitaban y siempre terminaban haciendo chistes producto de las muchas cervezas que consumían. Aunque él no era tomador se reía de todo lo que ellos decían. Era una familia alegre, parlanchina. Sabían disfrutar cada momento. En las mañanas se levantaban temprano a correr un poco, o a darse ricos chapuzones. Comían increíblemente. Las mujeres siempre tenían algo en el fogón, los hombres se la pasaban inventado cosas en el asado echándoselas de quien cocinaba mejor.

El primer día sintió un ahogo, ¿Cómo estará mi casa? ¿Y si se mete alguien y me roba? Los primos y hermanos tuvieron que convencerlo de que se quedara quieto.

El sábado en la mañana llegó una dama muy elegante, pero tan alegre como los miembros de la familia. Sus miradas se cruzaron y ya no hubo que decir más. Largos ratos conversando, risas entre ellos, momentos de silencio mirando hacia el mar, chapuzones en la playa y en la noches se les veía juntitos, diciéndose cosas al oído y riéndose bajito entre ellos dos.

Ocho días de relajación mental. Ya se le había olvidado que tenía una casa, aunque se la mencionó miles de veces a la encantadora mujer y la invitó a que fuera a verla. Ella muy agradecida le aceptó la invitación y a su vez lo invitó a la suya que no era como la de él pero que le había servido de hogar por muchos años pues había sido el legado que le dio su difunto esposo.

Se despidieron y los primos entre risas y chistes candentes los obligaron a darse un rico beso.

Se acomodó en la guagua que habían alquilado su pariente y su cerró los ojos. Su mirada recorrió cada uno de los rincones de su casa, pero esta vez se veía acompañado de aquella encantadora mujer. Observaba como ella con deleite se acomodaba en los asientos acojinados, en la terraza, en la alcoba y le ofrecía elogios por cada cosa que él había hecho en su mansión. Se observaba sentado en el balcón
con ella meciéndose en la mecedora observando la luna y las estrellas. La observaba y le acariciaba con dulzura mientras besaba sus labios y su rostro.

Despertó al sonido del celular. Se acordó que durante todos esos días no había sonado. Allí no había señal. Abrió los ojos y se dio cuenta que solo quedaban minutos para llegar a su mansión

__Si, es Tato, ¿Quién me habla? Ah, ¿Cómo está Inés?...anjá… ¡queeé! ¿Cómo dice? ¿Cuándo? pero… ¿Cómo? ¡No entiendo nada!

__ ¿Qué paso tío?, preguntó su sobrino al ver la cara de espanto de su tío.

__ ¡Mi casa… un incendio, pérdida total!

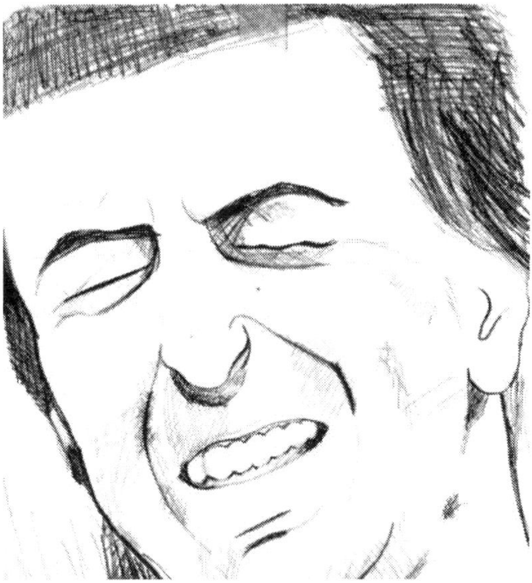

EL MACHO MAN

Se las había "tirado" a todas. Era el macho man del barrio. Los otros hombres del barrio se la pasaban velando a las mujeres. Cada cierto tiempo se escuchaba la riña de algún marido peleando porque la mujer le había tirado una miradita al tipo.

__ ¡Cómo te coja mirando al tipo ese te voy a reventar la cara a puño limpio! ¿Me entiendes? ¿Qué carajo tiene el tipo ese que no tengo yo… ah?
La pobre mujer encogida en una esquina no se atrevía a decir ni ji, pero en sus adentros le contestaba…

__Hace muchísimas cosas mejor que tú, sabe cómo jugar con mi cuerpo, tiene un aguante tremendo, en cambio tu tan pronto me ves desnuda, votas lo poco que te queda… ¡pendejo!

__ ¿Qué te pasa ah? ¿Por qué estás ahí "eslembá"? ¡Cuidado con lo que estás pensando!

Así pasaban los días, las noches de suspiro para algunas y las noches de grito y quejidos sabrosos para otras. Julián que así se llamaba seguía en su trajín. Trabajaba en una construcción del pueblo vecino y cuando llegaba del trabajo se metía al cafetín a darse unos tragos con los que no tenían molestias con él antes de irse a sus atrevidas actividades

Ese día estaba de lo más parlanchín, se reía a carcajadas, decía que estaba muy feliz.

_ ¿En que hueco te estarás metiendo?, ¡Ten cuidado!, comentaban algunos.

_En ninguno, estoy "clean". Creo que me voy a reivindicar. Es que estoy enamorao de verdad.

_ ¡Ya era hora, ya era hora brindemos por el amor!

_ ¡Brindemos por el amor!, reía Julián mientras saboreaba su cerveza.

La música comenzó a sonar en la vellonera y algunos cantaban el estribillo de la pieza.

"La vida te da sorpresas, sorpresas te da la vida ay Dios"

Pistola en mano y mirando con un odio voraz. Todos corrieron a esconderse o salieron del bar. Solo Julián allí, sorprendido, sin entender nada.

¡Pum! , Julián se agarró el pecho, ¡Pum! ¡Pum! ¡Pum! Calló al suelo con los ojos y la boca abiertos, sin decir nada.

__ El único nombre que mi mujer pronuncia dormida es el mío, por eso nunca más podrá pronunciar el tuyo. A ella le metí dos!

¡Pum! Calló el desconocido desplomado al suelo con un hilo de sangre saliendo de la sien.

Mientras, de la vellonera seguía escuchándose el estribillo:

¡La vida te da sorpresas, sorpresas te da la vida ay Dios!

EL PAÑI
(Dedicado a mis nietecitas Marla y Sophía)

Sudorosa y sin aire para poder respirar, un dolor punzante, doliente y agonizante. Era otro episodio más. Abu lloraba, el dolor era una de las razones, pero el más importante era la impotencia de no entender que sucedía con su cuerpo. Hacia dos días que le habían efectuado una angioplastía, era la segunda: complicaciones, problemas en el plan médico, protocolos insensibles que la hacían sentirse como un "punching bag" ante algunos, que con total indiferencia o con burla y molestia se decían "que no querían el paquete".

¡Cuántos de esos repasarán el juramento de Hipócrates!, en especial la parte que dice de "evitar todo mal e injusticia".

Abu seguía con su dolor, la hija mayor insistía en que tenía que regresar al hospital, que tenían que verla así para que vieran cuál era su condición. Pero la sola idea de volver a aquel lugar, encontrarse con la frialdad de algunos y la impotencia de otros y escuchar de otros la oportunidad de ganarse un dinero extra la aterraba. Abu lloraba.

El dolor se fue aliviando y acomodó su cuerpo como pudo. Cerró los ojos, no se sabe cuántos minutos quedó así. Sintió la mirada cálida de alguien sobre ella. Pensó que soñaba, pero la mirada sobre su cuerpo seguía ahí. Se volteó como pudo y allí junto a su cama dos caritas amadas, dos de sus nietecitas. La miraban sin decir nada, sonreían dulcemente. En aquellos rostros no había burla. Sino una inmensa ternura que brotaba de aquellos hermosos ojos.

La más pequeñita recostó su cabecita en la cama cerca del vientre de Abu y quedó allí sin moverse. La nietecita cerró sus ojos y sonreía. La más grandecita tenía en sus manos su pañi, el pañito que usaba para dormir. Acostumbraba a rosarse la nariz mientras el sueño la vencía, mientras con la otra mano se chupaba uno de sus dedos. El pañi era su acompañante fiel. Si no había pañi no se podía dormir. Su mamá había intentado quitárselo pero resultaba imposible. Hasta la blancura se había tornado en un color cremoso, pero era su pañi. La nietecita seguía allí, observando el rostro doliente de su tan amada abuelita.

De pronto de la boca de la nietecita salieron las palabras más medicinales que sus oídos habían escuchado.

__Abu, si quieres puedes quedarte con mi pañi hasta que te pongas bien.

Abu sintió que no veía bien, sus lágrimas no le permitían ver aquel rostro angelical que seguía allí sonriendo con ternura. Abrazó a su nietecita y con voz entrecortada le dijo:

__ Voy a estar bien y voy a cuidar de tu pañi.

__Bendición, dijeron las nietecitas mientras salían de la habitación.

ENTRE LAS CORTINAS DE LA PARED

__ ¿Alguna vez se han sentido así? Yo sí y que malo es, tiene una que aguantarse y no decir ni pío. Karina está enamorada de Tomás. Pero Tomás no está enamorado de Karina. Salen juntos, van al cine, comparten toda la tarde pero dicen que no son nada. Karina está ilusionada y no cesa de hablar de Tomás. Que si es bien chévere, que se la pasa haciéndole chistes, que le lleva regalos, que la lleva a pasear a donde ella quiere, en fin está loca por Tomas. Son mis mejores amigos y nos llevamos bien. Lo que ella no sabe es que después que la pasa con ella viene a mi casa y me cuenta que ella es bien chévere pero que a quien le gusta es a mí. Lo debiera mandar al infierno por infiel y abusador. Pero estoy entre la espada y la pared. Tomás me gusta...Karina es mi amiga. Tomás es infiel y puede serlo conmigo también

Estoy como un jamón de sandwich apretada en dos piezas de pan que no me dejan respirar.

Ayer le dije que no volviera más a casa y menos tan tarde en la noche. No quiero saber más nada ni de uno ni del otro. ¡Hipócrita de mí! Lo volveré a recibir.

ESPEJO EN LÁGRIMAS

__Debes ingresar en un centro. Te ves muy mal. Un día de estos te va a dar un patatús.

__ Yo conozco mi cuerpo y yo sé cuándo tengo que parar, contestó Gonzalo con desgano y con la misma actitud de siempre, prepotente, como el que tiene la razón.

__Allá tú. Estas mezclando alcohol con drogas y te estás matando poco a poco.

Silencio. Una mirada vaga tendida hacia el horizonte. La recordaba, recordaba sus carcajadas llenas de alegría mientras corría por aquel prado que tanto le gustaba. Recordaba cuando ella se quedaba extasiada mirando el mar, tomaba su libro de apuntes y escribía algo, luego corría hacia él y le decía:

__ ¡Gracias soy tan feliz aquí!

__ ¿Por qué te quedaste en casa y no fuiste a trabajar?

__No me sentía bien.

__ Tomaste mucho ayer Gonzalo. Eso te hace daño.

__Yo conozco mi cuerpo y estoy bien, solo un poco cansado.

Ya no reía como antes, siempre estaba callada, observando aquel cuerpo y aquel rostro que se iba mutilando poco a poco.

__Tienes que ir a un tratamiento. Esto no está bien ya no eres el mismo, todos lo notan, reclamaba con tristeza.

__ ¡La gente no sabe nada! Es que estoy un poco ansioso eso es todo. Me despidieron del trabajo pero me busco otro.

Un día ella dejó de estar. Fue algo de improviso. Él no estaba, como acostumbraba en los últimos meses. Fue de madrugada. Dolor inmenso en la quijada, mareos, trató de levantarse pero su cuerpo se descargó como si un virus la sacudiera con tanta fuerza que le sacara las entrañas. Trató de decir el nombre del amado pero apenas podía hablar, caminó como pudo hacia la puerta de la calle y las fuerzas la abandonaron. Desplomada, arrinconada en la puerta con la boca abierta tratando de decir sabe Dios qué cosa. Allí quedo por horas, sin su libro de apuntes, sin haber visto el flamboyán crecer, sin haber visto el mar de mañana.

Gonzalo tuvo que romper una ventana para poder entrar, la puerta estaba atorada. Pensó que ella la había cerrado con seguro, la puerta no lo tenía pero no abría. Un presentimiento, la llamó muchas veces pero nadie contestaba. Los vecinos el escucharlo le ayudaron.

Allí estaba, fría, extremadamente pálida con la boca abierta arrinconada en la pared como el que desea escapar de la jaula y luego de intentarlo mucho se cansa. Poca luz, el día apenas empezaba, La casa expedía olor a defecación, a vacío, a pudrición de almas que no quieren brillar.

__ Debes ir al médico Gonzalo. Llevas meses en esa cuestión. Estás enfermo. Necesitas tratarte.

__ Yo conozco mi cuerpo. Es que estoy ansioso y un poco cansado. Extendió su mirada hacia el flamboyán florecido. Una lluvia cálida comenzó a caer en aquel cuerpo de despojo. Las lágrimas se mezclaron con las del cielo y lloró hasta quedar en un profundo sueño del que no pudo dar ninguna excusa esta vez.

FETOS EN GESTACIÓN

Nunca caigas en lo vulgar. Eso no describía a Miguel. Cada cosa de la que hablaba la rellenaba con sentido soez de tal grado que hasta molestaba a los que entendían el lenguaje.

Rodéate de gente inteligente. Miguel se la pasaba en el bar de la esquina donde se arremolinaba un sinnúmero de individuos que lo que hablaban eran cosas sin sentido

Controla tu temperamento. Prendía como un fósforo, era como chispa en yerba seca. Por cualquier cosa formaba una discusión y su voz iba subiendo de volumen al punto de que se quedaba con el lugar.

Respeta los puntos de vista de los demás.

No critiques la forma de ser de los otros.

Miguel se mofaba de cualquier defecto que encontrara en alguien en especial si notaba algo que denotara feminismo en los hombres, ahí era donde se lucía ejecutando manerismos y cambios de voz en contra de cualquier fulano que luciera amanerado.

Ese era Miguel… ¿Qué genes estaban patidifusos en aquel ser humano? No se conocía mucho de él salvo que vivía en una casita al final del callejón. Su madre había muerto cuando el apenas era un adolescente. Nunca conoció a su papá y se decía que los hermanos mayores se habían ido al extranjero buscando mejor vida y nunca regresaron. Los vecinos quedaban un poco distantes de su vivienda y no tenía mucha relación con nadie y cuando lo hacía era para usar el mismo toque despectivo y de mofa hacia todo lo que le rodeaba.

Cuando a veces pasaban personas frente a su casa siempre les gritaba alguna frase soez a lo que ellos contestaran con improperios hacia él también. Se reía como un loco y contestaba de forma peor.

La tarde del sábado como de costumbre salió Miguel para el bar, estaba contento como pocos días.

Ya se había acostumbrado a compartir con aquella gente que tomaban su ron y cantaban o escuchaban alguna canción de la vellonera.

__ Llegué, ¿Qué es la que hay? Sírveme un palito de anís con ron para aclarar la garganta que hoy vengo con deseos de cantar.

Los demás individuos se rieron de la ocurrencia de Miguel.

__ Buenas, se escuchó la voz de alguien que no era de por allí. Todos miraron a ver quién era el nuevo personaje. Con inmensa sorpresa todos se le quedaron mirando, sobre todo Miguel quien quedó sorprendido al notar el gran parecido entre el extraño y él. Se podía decir que era un clon con la diferencia de su pelo canoso y el de Miguel era negro como piel de pantera.

Los dos se miraron como cuando se mira en un espejo.

__ ¿Cómo te llamas?

__Y a usted que le importa, respondió agarrando su postura de barrio.

__ Tienes que ser Miguel, el hijo de Tona.

__ ¿Y cómo usted sabe el nombre de mi mai?

__Porque yo soy tu papá. Me dijeron que después de su muerte te quedaste a vivir en la casita.

__Y ¿Dónde carajo me iba a quedar? Esa casa es mía y de mi mai. Fue lo único que me dejó y no pienso compartirla con ningún cabrón que no pinta nada aquí.

__Yo no vine a quitarte nada, solo quería conocerte y saber qué era de tu vida.

__ Mi cabrona vida no es de su incumbencia y si en más de veinte años usted nunca apareció, váyase por donde vino y no venga a joderme la vida.

Miguel se tornó frenético y comenzó a cantar en voz fuerte. En esos momentos entró uno de los amigos que acostumbraban a tomar en el bar y Miguel comenzó a decirle de forma sarcástica que su flamante padre había venido a conocerlo. Entre carcajadas, burlas y mofa señalaba al visitante que no decía nada, solo observaba a Miguel con pena. Miguel con varios tragos de ron en la cabeza, comenzó a dar un discurso sobre su niñez, los momentos asfixiantes de pobreza que tuvo, las veces que preguntó por un papá que nunca llegó y como tuvo que presenciar la muerte de su mamá en un hospital donde no lo dejaban quedar.

__ Y ahora este señor fulano que "by the way", no sé ni cómo carajo se llama, porque ya se me olvidó…

__ Igual que tú y ¡Ya basta Miguel! Este no es el lugar para que hablemos. Si quieres nos vamos a tu casa, aquí no.

__ ¡Mi casa usted no la pisa! Y como parece que usted no se va me voy pa'l carajo. ¡Nos vemos mi gente! Allá se fue Miguel, canturriando, riéndose a carcajadas.

Al llegar a la casita donde por tantos años había vivido lleno de soledad, coraje e impotencia, se tiró en la cama, sendas lágrimas fueron saliendo de sus ojos, gemidos de dolor y de coraje salieron de su boca, gritos de llanto de amargura, torrentes de lágrimas y quejidos de niño abandonado.

__ ¡Mami! ¡Mami! ¡Mami! El sueño y el esfuerzo de dolor realizado fueron venciéndole hasta quedar en un profundo sueño.

A la mañana siguiente se levantó y abrió la puerta. Allí estaba su padre con los ojos enrojecidos e hinchados.

__Estuve en el balcón toda la noche. ¿Puedo entrar?

Miguel abrió la puerta y se dejó caer en el sofá.

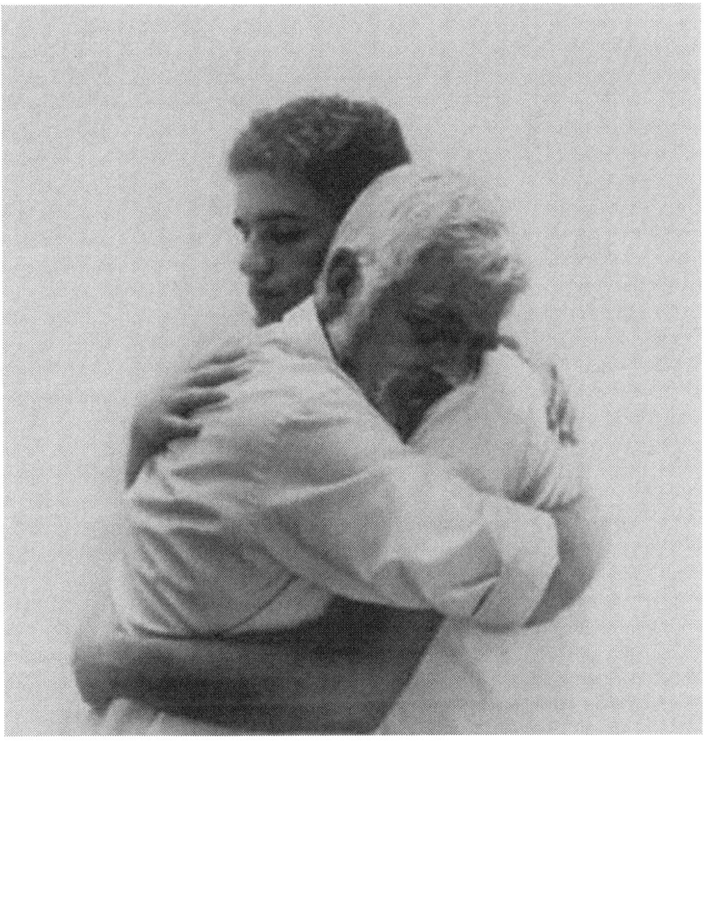

http://estúpidoseinfieles.com/

A la verdad que con la tecnología se pueden hacer maravillas y también se puede caer en vicios y faltas de respetos. Mi amiga Susana es una adicta del chateo. Siempre tiene su celular a mano y aunque habla con uno, su mirada está en el celular como en espera de recibir alguna llamada o texto. Se conoce todas las redes sociales de estas en las que se buscan "amistades" nuevas.

Yo no entiendo ni papa de esas cosas. El celular es para hacer llamadas o recibirlas y mi computadora la uso para lo necesario. Es muy complicado todo para mí, pero no para Susana que vive de eso.

Los otros días me comentó que había conocido a un tipo guapísimo de otro país y que la estaba pasando súper bien con él, a través del chateo. ¡Qué de cosas me dijo! Se intercambian fotos (toda clase de fotos) y me dio detalles de cómo le hacían para "jugar" al sexo todas las noches.

Quedé espantada pues ella tiene marido, pero me explicó que eso no era problema pues supuestamente en las noches ella tomaba unos cursos por internet, así que su marido (que como yo no conoce ni pío de estos espacios cibernéticos), se creía que ella estudiaba a esas horas. De forma desvergonzada explicó que no había problema pues no existen riesgos, todo es imaginativo, esa persona vivía lejos, ella nunca daba detalles personales, es fin, todo era un vacilón.

Han pasado varias semanas y no he sabido de Susana. Solo por curiosidad llamé a su casa y su marido respondió.

__ ¿Está Susana?

__ ¡No, no está, ni estará más en esta casa por sucia y por infiel!

LA MARIPOSA DE LAS ALAS PLATEADAS
(En recordación a Tata Haydeé)

Robertito se sentía triste. La persona que más amaba, su abuelita, había fallecido de cáncer. El no entendía por qué una persona tan hermosa, tan dulce y tan tierna con él se había ido para siempre. Ella lo cuidaba y le enseñaba muchas cosas lindas de Papá Dios y de cómo él cuidaba a los niños buenos. Tampoco entendía ese misterio de cuando uno se muere. ¿Quién se lo podría explicar?

En la iglesia le dijeron que su abuelita se había ido al cielo a vivir con Papa Dios.

__ ¿Pero por qué? Si ella estaba bien aquí conmigo, decía Robertito con lágrimas en los ojos.

Los amiguitos tenían abuelitas y no sabían decirle a Robertito porque Abuelita Cocó ya no estaba. Solo recordaba que un día se la llevaron al hospital, que todos estaban tristes y no lo dejaban entrar al cuarto de hospital por ser menor de edad.

Cuando la volvió a ver estaba en una caja con muchas flores alrededor, la gente cantaba cánticos de la iglesia y tenían que esperar turno para verla. ¡Cuánta gente!

Robertito recordó que cuando pudo pararse allí frente a la caja él se le quedó mirando. Estaba hermosa, hasta sus espejuelos tenía puestos y lucía el traje blanco que usó el día de las madres. ¡Que linda estaba! Sin saber por qué, muchas lágrimas brotaban de sus ojos y algunas personas le decían que ella estaba dormida, bueno eso parecía, pero su piel estaba tan fría y tan dura…

¡Qué confusión la de Robertito! O estaba dormida, o estaba en el cielo, o se había ido con Papa Dios.

_ ¿Por qué no se quedó conmigo? ¿Acaso fue porque me porté mal? ¡Perdóname abuelita, yo me portaré bien de ahora en adelante pero regresa conmigo, escúchame, quiero contarte lo que me pasa!, decía Robertito muy angustiado.

__Abuelita yo tengo coraje con Papá Dios porque te llevó con Él y yo quería que te quedaras conmigo. Solo te tengo solo a ti. Mis padres siempre están ocupados y no juegan conmigo. ¿Con quién voy a jugar ahora? ¿Quién me va a contar cuentos? ¿Quién me va a cantar tus lindas canciones? Me haces mucha falta abuelita y no me dejaste decírtelo porque estabas en el hospital. ¿Por qué me dejaste solito? Robertito lloró por mucho rato.

Pasaron los días y Robertito seguía muy triste. Su conducta en la escuela cambió y los padres recibían quejas constantemente. Aunque ellos hacían todo lo posible por darle atenciones nada parecía quitar su tristeza y su molestia.

Una noche después que su mamá, quien ahora se ocupaba más de Robertito le leyó algo sobre las mariposas, quedó dormido mientras escuchaba la voz de su mamá.

De pronto algo maravilloso sucedió. El cuarto se iluminó y de forma tenue y delicada una figura se fue formando en el aire. Era una mariposa hermosa, con figura de mujer, Sus alas eran plateadas y aleteaban suavemente en el cuarto. La cara resplandecía, brillaba y en aquel rostro se dibujaba la sonrisa más hermosa que humano hubiese contemplado. Se quedó mirando el cuerpo dormido de Robertito y comenzó a cantar:

"Duerme niño hermoso que yo te cuido con amor. No sufras por nada que ya sufrí por ti. La enfermedad destrozó mi carne pero jamás mi espíritu
Ahora te cuido sin dolor y te doy todo mi abrigo
Enferma no podía velarte, no tenía fuerza mi corazón
Pero Dios me dio alas y ahora te cuido con mi amor.
Jamás te sientas solo, jamás pienses que te dejé.
Ahora estoy contigo y nunca te abandonaré
Es que Dios me convirtió en princesa de las mariposas para cuidar las flores de su jardín.
Y tú eres un capullo hermoso al que tengo que nutrir
Vivo en un lugar hermoso donde no existe el dolor

Pero tengo permiso de Dios para velar por los míos
No estés triste capullo mío, vive feliz y sé buen niño
Tranquilo, estoy bien, te quiero mi Robertito"

La mariposa de alas plateadas le dio un beso a Robertito y lentamente se esfumó. Robertito despertó muy alegre. ¡Había sentido la presencia de su abuelita Cocó! ¡Ella le había hablado, le había dicho que estaba bien y que lo cuidaba! ¡Uao! ¡Eso sí que era una buena noticia! ¡Su abuelita lo estaba cuidando! ¡Qué feliz estaba Robertito!

Esa mañana, le contó todo lo que les había sucedido a sus padres. Ellos lo abrazaron y le prometieron que lo iban a acompañar a la escuela y a sus juegos. ¡Qué contento estaba Robertito!

Allá en aquel lugar hermoso la Princesa de la Mariposas, la Mariposa Plateada… sonreía en paz.

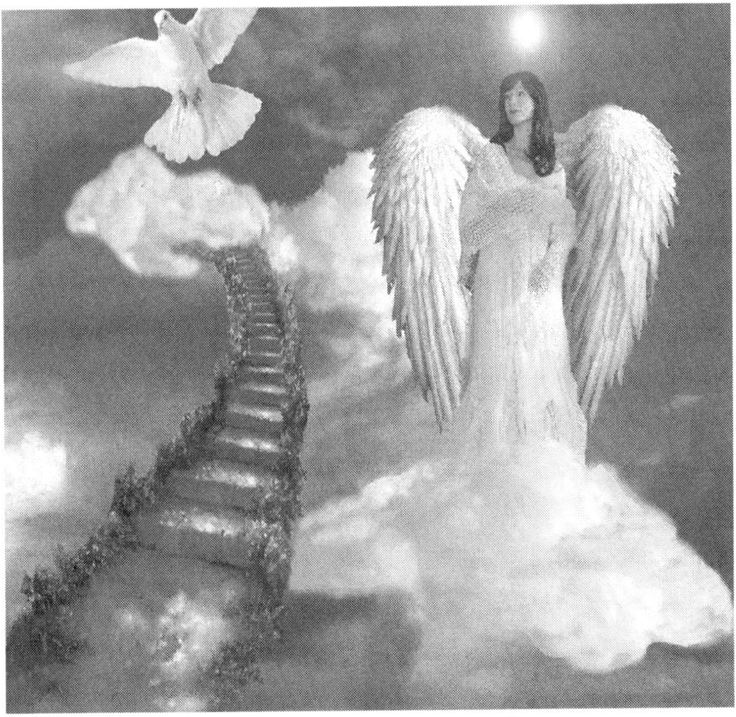

NIÑERÍAS

Un nombre, un rostro, recuerdos hermosos de mi adolescencia. Harry, delgaducho, con su pestañeo, (tic de nerviosidad). Deseaba que me besara, me acerqué, lo besé y se quedó ahí sin decir nada, le di miles de besos pequeños y cerré mis ojos.

Ya no era Harry el que estaba ahí, era mi príncipe azul que de pronto me sonrió, me tomó de la mano y me condujo hacia donde estaba su carruaje.

¡Qué hermoso doncel! Blanco cual la nieve, sus crines como hilos de plata. Mi príncipe sonreía. Su tez de ébano suave hermosa, su sonrisa angelical, Me levantó en sus brazos, mi traje color azul cielo se confundía con los colores de las cintas del carruaje de mi príncipe. Raudo el vuelo, estábamos en el aire, cual ángeles celestiales que van en vuelo hacia el Olimpo Celestial. Observaba como los campos se hacían pequeños y las aves nos saludaban.

Llegamos a un lugar hermoso, lleno de flores y robustos árboles que a cada lado formaban un hermoso camino el que estaba cubierto por las flores que caían a formar una hermosa alfombra rosada.

De pronto, mi príncipe se quedó observándome, sonriente, cerré mis ojos y dejé que besara mis labios. Sentí que me iba a desmayar, se sentía tan tierna aquella caricia húmeda de sus labios en los míos.

Abrí los ojos… y allí frente a mí, estaba Harry, delgaducho pestañeando rápidamente, sonreía, me observaba y muy quedito me dijo… ¿Quieres ser mi novia?

Le contesté, ¡Claro que sí!

¿OJOS ABIERTOS A LA ESPERANZA?

__ ¿Me podría dar algo? Yo no lo niego soy adicto, no robo, pido para comer y para sustentar mi vicio.

Allí bajo el candente sol, aquel joven un tanto desaliñado, de mirada penetrante y aguda se quedó unos instantes con el vaso plástico en la mano esperando por que le dieran una limosnea Para sacárselo de encima le dio unas monedas.

__ ¡Qué barbaridad!, ahora se lo dicen a uno con una cara de poca vergüenza... ¿A dónde vamos a llegar?

Más allá uno con un cartel que decía: tengo sida no recibo ayuda del gobierno.

Ese estaba lleno de llagas, tenía los zapatos rotos y los pantalones muy grandes para su cuerpo tan desvalido... La gente pasaba en sus carros y miraba hacia al otro lado deseando que la luz verde cambiara de inmediato.

__Buenas, el Señor le bendiga, que linda la nena Dios se la cuide. Soy ex confinado y no tengo trabajo necesito juntar para la pensión de mis hijos, no quiero volver allá.

Así todo el día en donde quiera, las excusas son miles, los embustes son increíblemente teatrales. La gente ya no les cree, han saturado el mercado del limosneo. La más que me llamó la atención fue la de este anciano, en silla de ruedas, casi no podía hablar y la gente le daba dinero. Pasaron los días y estando en la placita del mercado me pareció ver que era el mismo, los nombres se me pueden olvidar pero jamás los rostros. ¡Estaba comprando como cualquier fulano, de todo, su voz era una muy clara!¡Y no estaba en el sillón! ¡Qué locura es ésta! ¡Un anciano, con esa falta de respeto!

Hace dos semanas me votaron del trabajo, no hay suficientes fondos, no hay para pagar a los empleados, las ventas han bajado, así que sin ninguna misericordia nos dejaron cesantes a 20 empleados de la tienda.

¡Mentira! Esa cadena de tiendas siempre tiene chavos. Son unos listos se van a la quiebra y montan con otro nombre.

__Uno, dos, tres, quince, veinte treinta y cinco con cuarenta centavos… no está mal, no está nada mal. En un día, no está mal y considerando que no tengo que declarar impuestos, ni pagar iba… mejor. Esto sí que es vida. Si lo hubiese sabido, antes lo hubiese empezado.
Cambio de luz de verde a roja.

__ ¿Desea cooperar? Hoy estamos en este sector, pidiendo la colaboración de ustedes. Como ven en la hoja suelta, el Hogar Ojos Abiertos a la Esperanza, se está levantando gracias a los esfuerzos de todos ustedes. Muchas gracias. Tenga buen día.

Caminó hacia el segundo carro con una sonrisa, espléndida, de tremendo comerciante, listo para vender su producto El día había comenzado bien. Habría mucha esperanza para él.

PERFORACIÓN EMBRUJADA

La mulata, así le decían a Micaela, una mujer de mediana edad que vivía en el sector De Arriba Debajo de uno de tantos pueblos de mi Patria.

Decían que tenía poderes o más bien que tenía unos talentos especiales. Hacía trabajos para ayudar en casos del amor perdido, para algún mal físico, escuchaba a los muertos y les decía a los familiares sus peticiones. Micaela era de todo un poco.

La gente del barrio, tal vez por la falta de conocimientos o quizás por una fe en lo que ellos necesitaban creer, la respetaban y le pagaban por sus servicios.

En una ocasión llegó al barrio una pareja recién casada. La joven pareja cayó bien a los ojos de todo el vecindario. El joven marido no pasó desapercibido a los ojos de Micaela. Su mirada se posaba en aquel cuerpo como queriendo devorar cada célula, de aquel tan apetitoso banquete.

El joven por su parte quedó impresionado de todo lo que le decían de aquella enigmática mujer. Salía tarde del trabajo y tenía que pasar todas las noches frente aquella casa de la que salían aromas a incienso y otras fragancias que producían hasta escalofríos.

El joven podía pasar por la otra acera pero no sabía por qué siempre pasaba frente a la casa de Micaela. Ella por su parte se las ingeniaba para sentarse al balcón cerca de la hora en que el joven pasaba por allí.

__ ¿Quieres que te lea la mano? ¿Te gustaría conocer tu futuro? Su voz llena de un contenido sensual, que ocupaba el espacio de cada rincón de oído masculino. El chico sentía que sus venas se le dilataban, lo que creía que era escalofríos era una especie de yugo emocional que no podía evitar. Esperaba con ansia la hora de salida para escuchar la voz de aquella mujer de la que ni siquiera se atrevía a mirar.

__ ¿Cuándo vas a entrar para decirte tu futuro? No te va a pasar nada malo, anda ven, no seas miedoso.

Él sonreía y apuraba el paso hacia su casa donde su joven mujer lo esperaba con ternura y cándida pasión. Trataba de refugiarse en las caricias y atenciones de su mujer y mientras su mente volaba hacia aquella mujer tan misteriosa que lo distraía, que lo aturdía y lo estaba trayendo loco.

La Micaela seguía atendiendo a su gente, se le veía cambiada, sus ojos se habían tornado en un amarillo felino, su cuerpo expelía aromas de yerbas y fragancias que dejaban a sus pacientes en un letargo momentáneo que según ellos decían era de un gran poder sanador.

__ ¿Cuándo vas a entrar? Déjame bajarte la tensión en que vives. No te va a pasar nada, la voz de Micaela se escuchaba como susurro en noche de plácido frescor.

Se detuvo, levantó la cabeza y observó aquel cuerpo, aquellas pupilas ardientes. Era una mujer hermosísima, los años no se sabían notar, el cuerpo parecía una guitarra de finas líneas y aquella piel parecía tener seda derramada, Su cabello era largo caído sobre sus hombros y pecho. Pero sus ojos ¡Cómo brillaban!, que pasión desprendían y su boca... irresistible a besos apasionados.

No pudo contenerse, se dejó arrastrar por aquel magnetismo que desprendía aquella mujer.

Temprano en la mañana, la joven esposa preguntaba a los vecinos que si habían visto a su amado. Nadie sabía contestarle.

La casa de Micaela estaba cerrada. No había signos de que allí estuviera habitando nadie

PESADILLA

Me sentía cansada, la artritis cada vez más aguda y ese dolor intenso en el cuello que no me deja dormir. Intenté ver la película otra vez con Juan, pero él fue el primero que se quedó dormido. Mucho sueño, mucho cansancio.

Caminaba por la cuestecita, cerca de casa, ya estaba a la esquina y podía divisar la cúpula de la iglesia. De pronto una fuerza enorme succionó todo mi ser llevándome a un lugar oscuro, pestilente. Me tomó por los pies llevándome hacia un profundo abismo. Sentí miedo, miles de ratas comenzaron a subir y grité pensando que me iban a devorar. Nadie me escuchaba, sola en aquel infierno. No me atrevía a abrir los ojos, sin embargo comencé a distinguir caras, una conocida… si la de Lula, la cuñada de Juan, en su rostro, una mueca horrible, rechinaba sus dientes. Sus ojos empequeñecidos me miraban con odio como deseando que aquellas inmundas ratas me devoraran.

Logré gritar fuerte. Como pude golpeé la espalda de Juan y exhalé un grito ¡Las ratas, las ratas me comen!

__ ¡Tranquila! Estoy aquí, es solo un sueño.

Respiré profundamente. Traté de interpretar, de entender aquel sueño tan terrible. Las ratas son signo de problemas. ¿Por qué estoy soñando con eso? No tengo problemas, todo está bien.

Tal vez es que quiero salir del abismo mental en que vivo. Quiero ser para Juan que me da todo lo que puede con honestidad pero continúo perdida en el laberinto de mis bajezas carnales. Quiero ser pura pero las zapatillas doradas están aferradas a mis pies y no me dejan caminar. ¿Tendré que cortarme los pies? ¿Tendré que cortarme mis manos, mis ojos, mi cuerpo, mi mente, mi todo y hacerme nada, dejar de ser para estar en luz?

Cerré los ojos recé un Padrenuestro y abracé a Juan.

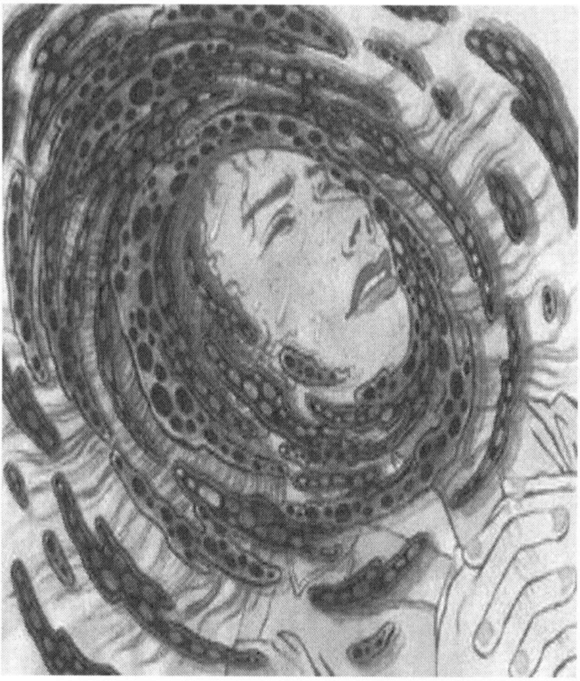

REZO EN EL SILENCIO

La llamaban la diva, casi nadie sabía por qué. Vivaracha, parlanchina y un poco "tostá". La gente del pueblo la quería muchísimo. Ella se sabía dar a querer. A las ancianas les llamaba chicas y nunca les decía usted, no lo hacía por falta de respeto sino que como ella misma decía así ellas se sentían más jóvenes. Los ancianos del hospicio la esperaban todos los domingos. Era como una ceremonia cuando los saludaba.

__ ¡Llegué! Y de inmediato comenzaban los besos, entregaba dulces a escondidas de la enfermeras no sin antes decir una oración corta que decía:" Señor quítale todo lo que le pueda hacer daño".

Todos en el pueblo le achacaban el que había tenido muchos enamorados. No era para menos a los 40 y tantos todavía lucía hermosa. Su cuerpo como guitarra española dejaba ver que los años no habían pasado en vano. Unas piernas muy delineadas que a ella le encantaba lucir pues señalaba que como no tenía muchos encantos por lo menos las piernas había que mostrarlas. Siempre se reía a carcajadas, siempre alegre, muchas damas la admiraban y en sus adentros deseaban ser como ella.

__Si supieran... decía Cristina para sus adentros. No tienen nada que envidiar.

Llegaba a su cuartito después de hacer todas sus visitas y allí quedaba su sonrisa cuajada en una mueca de soledad y dolor. Sola, aquella mujer tan ardiente no tenía con quien compartir sus calenturas. ¡Qué enamorados ni ocho cuartos! No tenía a nadie, los que la adulaban en el pueblo en esa adulación quedaban, Todos creían que su corazón pertenecía a alguien bien especial y nunca pasaban de decir algún piropo. Cristina estaba sola, no tenía quien le cantara en las mañanas o quien calentara su cama. La soledad era su amarga compañera.

Luego de bañada, perfumada y entre olores y sedas, se recostó en su cama. Dos lágrimas salieron de sus hermosas pupilas. Un hálito de amargura salió de su voz entre cortada.

__Señor soy yo Cristina, la ardiente, la enamorada del amor, ¿Cuándo enviarás a alguien que mitigue este dolor?

RUTINAS DE ESTE SIGLO

Una vez más comienzo este estúpido relato. Estúpido porque el protagonista lo es, bueno los protagonistas. Lo escribí luego de una experiencia recientemente vivida y por arte de magia se me desapareció del escritorio. ¿Será una señal de que no vale la pena gastar energías en esa relación?

Así hablaba Lucero consigo misma. Encantadora mujer de ojos color verde mar, caderas anchas, hermosa sonrisa y muy coqueta aunque tímida. Era una de las secretarias del recinto de la universidad de su pueblo. Su pasatiempo favorito era escribir sobre lo que le sucedía en un "folder" de su computadora donde depositaba parte de su vida de varias formas tales como cuentos, poemas, meditaciones, los que luego releía como una espacie de terapia o análisis existencial.

Hacía meses había roto con su compañero el que pensó era el hombre esperado y resultó que luego de vivir un romance intenso se enteró que "su amado" se regresaba a su país donde alguien le esperaba.

Su actitud y su forma de pensar cambiaron radicalmente. Luego de sufrir por la partida y separación de "su amado" se tornó en una mujer dura, calculadora e insensible que no creía en los hombres (aunque no dejaban de gustarle a rabiar).

A este compañero lo encontró en uno de esos miles de "sites" que existen donde se consiguen "amistades". Le llamó la atención su físico y la información de su "profile". Comenzaron a "chatearse" y la química fue buena. Se citaron y para su sorpresa él había sido profesor en la universidad donde trabajaba. (La foto del profesor era de años atrás y en ella lucía más joven) Después de varias salidas, hubo sexo, química física, todo muy bien.

Lucero tuvo que aguantar las ganas de reír. Recordó que "chateando" le preguntó sobre ese comentario a lo que él de inmediato explicó que tenía una compañera con la que se veía cada seis meses y que ella vivía en el extranjero , se llevaban bien y nada más. Ya se imaginaba con lo que vendría. Conocía muchas de esas historias estúpidas de hombres que se la pasan buscando en el internet y luego que comen se van.

___Ay no se preocupe profesor, lo detuvo, yo entiendo, no tiene que explicar nada. Fue un placer compartir con usted.

___Pero es que quiero que comprendas que no deseo dejarte. Mi compañera estará unos meses y luego se regresa a su país entonces…

___ ¡Páralo ahí! (Contestó con rabia) Ni lo sueñes. Ella es tu compañera, dale sus atenciones. Yo soy la amiga, pero jamás "la otra", no me cae ese papel. ¿Capichi?

___ Yo te comprendo pero…

___ Y yo también, no te preocupes. Nos vemos por ahí.

__ Next! (dijo para sus adentros)

Lucero cerró la puerta del automóvil y entró a su apartamento. Tiró la cartera en la silla, quitó sus zapatos y se tiró al sofá. Un suspiro largo salió desde lo profundo de su corazón. Sonó el celular y con desprecio lo miró pensando que era el profesor.

__ Hola preciosa, ¿Qué es la que hay? Hace tiempo que no se de ti. ¿Estás solita?

Lucero recordó a Martín y en su mente se contestó con un yesss!

__ ¡Claro niño sexy que estoy solita! ¿Qué es la que hay?

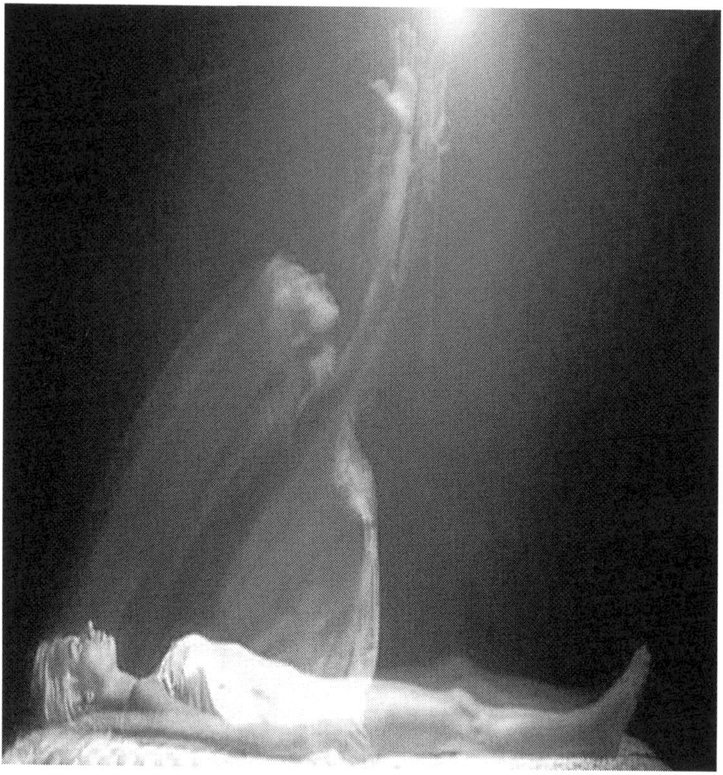

SARCÓFAGO PARA UNA MORIBUNDA

Calma y tristeza al saberte lejos
Eres lo soñado que se ampara en otros brazos
Brazos sin aliento de amor perfumado.
Así es la vida, así es el amor que siento por mi amado

Líneas tras líneas, versos tras versos, escribía y suspiraba. Entreabiertos los ojos como si con ella la figura del amado se viera en un foco de cámara y luz

La poesía cala en mis adentros
Para desde allí decirte. ¡Cuán lejos!
Mas hay calma, hay sosiego
He plasmado mis sentimientos en mis versos
Y ahora son mi dormido secreto

Laura suspiraba. Roberto pertenecía a otra, pero por años lo había amado, esperando algún momento que él se fijara en ella. La mujer de Roberto era una mujer enfermiza y no lidiaba con su enfermedad. Roberto, un hombre fiel, noble y dedicado a su mujer se dedicaba por entero a los caprichos de aquella enferma manipuladora. Eran muchas las que suspiraban por él, haciéndole continuas insinuaciones pero Laura solo le escribía versos en donde le relataba su amor.

Te acuno en mi amor de lejos
Te sueño en mi lugar secreto
Como es mío, como es secreto
Vivo para soñarlo, aunque sea de lejos

Llevaban trabajando juntos por más de seis años. Roberto pensaba en la jubilación aunque estaba joven y muy varonil. Decía que esa era la mejor manera de ayudar a su esposa.

Si ella no estuviera, te acunaría en mis brazos
Te daría mi amor y mi pasión acunada
Te daría lo que no te han dado
Día a día, paso a paso

Llegó a la compañía una mujer elegantísima. La habían asignado para que se fuera entrenando ya que Roberto había presentado los papeles de jubilación. Se la pasaban casi todo el tiempo juntos porque así lo requería su trabajo. A Roberto se le veía con alegría y dinamismo, tal vez porque pronto estría junto a su esposa.

Siento angustia,
Mi corazón te reclama
Amor mío, he esperado por ti
No me abandones

Los meses pasan rápido, las tormentas arrasan con todo. La mujer de Roberto murió antes del retiro y éste decidió quedarse un año más en la compañía. No deseaba quedarse solo en su casa, además la nueva asistente necesitaba orientaciones con respecto al trabajo.

El día de la despedida cada uno de los empleados le obsequió algún detalle a Roberto. Laura tenía el suyo, un hermoso poemario que resumía cada momento de amor depositado a Roberto. Le pidió que por favor lo leyera en su casa. Con una hermosa sonrisa y un beso tierno Roberto le dio las gracias.

Muy emocionado, con el poemario todavía en las manos agradeció a todos los presentes los regalos y las atenciones que por años le habían brindado en especial con la muerte de su esposa.

__Después de la tormenta llega la calma, así decía mi mamá cuando se nos presentaban situaciones fuertes, dijo con voz pausada. Un ser amado se fue y otro llegó. Mientras decía eso contemplaba el poemario que tenía los secretos del amor de Laura hacia él.

El corazón de Laura dejo de latir por unos instantes, apenas podía respirar de la emoción. Por fin su secreto iba a ser recompensado. Tantos años de amor escondido iban a ser premiados. Allí estaba, toda temblorosa esperando la voz del amado que le dijera las palabras esperadas por años.

De pronto con una sonrisa repleta de felicidad Roberto tomó la mano de su asistente trayéndola a su lado.

__Compañeros, ustedes han compartido mis tristezas y mis alegrías. Hoy quiero que compartan la dicha de saber que he encontrado un nuevo amor y pronto recibirán la invitación para la boda.

Todos al unísono comenzaron a dar vítores de alegría y a pedir que la pareja se diera un beso.

Un corazón dolido deja de latir
Sin ti la vida no tiene sentido
Ya no quiero vivir
Quien te amó por siempre

TARDIO ARREPENTIMIENTO

¿Cómo decirle que se vaya, que no hay nada que hacer aquí? Luisa había fallecido el día anterior. Trabajaron rápido los de forense, ya estábamos en la funeraria para cumplir con los menesteres propios. Derrame cerebral.

El seguía ahí, de pie junto aquella puerta donde prepararían el cadáver para él, velatorio. Lucía atormentado, no era para menos. La discusión, las palabras ofensivas y los empujones contra la pared jamás se le olvidarían.

_ ¡Maldita droga! ¡No la vi a ella veía a un monstruo que se burlaba de mí y no me daba dinero para quitar ese terrible malestar a causa de faltarme la maldita dosis del día!, decía en voz alta mientras miraba con ojos vidriosos a los que allí esperaban.

El velatorio, como el de todos los pobres, chocolate, galletas y queso de bola, rezos, ron y chistes para mantener el cuerpo despierto. El ahí, frente al cadáver, oscilando entre si caía dentro del ataúd o encima de las que rezaban.

_ ¡Luisa, perdóname! ¡Ayúdame, no quiero seguir así!

Silencio total, esta vez Luisa no contestaría nada ni soportaría los golpes y maldiciones que él le echaba.

_ ¡Luisaaaaaaaaaaaaaa!

Luisa no respondió, estaba en paz.

VIAJERO INMÓVIL

__Buenas noches, te habla Mariana ¿Te acuerdas?

__ ¡Claro! como no me voy a acordar. ¿Cómo estás mujer?

__Estoy viviendo en la capital, no tengo amistades aquí y pensé que tú me podrías visitar. Me siento muy sola, respondió aquella voz de tres años atrás.

__No te preocupes mujer, hoy no podrá ser pero mañana sí. ¿Te parece bien?

__ ¿Por qué vibro?, Es solo una voz, dijo para sí mientras apagaba el celular. Cerró los ojos y recordó su rostro, ese día ella lucía cansada, agotada y no era para menos, estaba en plena actividad cultural con un sinfín de cosas que atender, sin embargo sacó unos minutos y se acercó a mí, saludándome con energía, con alegría, ¿De dónde sacaba tanta fuerza? Me gustó. Desde el primer momento me gustó, es más, me enamoré de ella.

__ ¿De qué color son tus ojos mi negro? Esa fue la única pregunta que me hizo en uno de los otros momentos que nos vimos, esta vez ya estaba menos ocupada pues los delegados hacían sus compras. Me le acerqué. Le pregunté dónde podía conseguir billetes de la lotería. Yo sabía dónde estaban pero ella tenía un magnetismo que no podía dejar de buscarla. Quedé prendido de ella.

__ ¿Cómo localizó mi número? No me importa. Me agrada. Y vive ahora aquí, en la capital a unos minutos de mí.

__ ¿Qué me pongo? Quiero agradar a esa mujer. ¡Ohhh que mujer! Tiene magia. Si tiene magia. A mi edad y con mi condición, mira como me tiene, y solo con escuchar su voz. Magia... Ohhh magia. ¡Tranquilo! No te ilusiones, sabes que no puedes. Ya es tarde. Pero... es irresistible la tentación.

Peter, hombre de 67 años buscó su bata de hilo. Su bata larga, aquella que le inspiraba respeto al santo protector de quien era devoto. Se tardó horas en acicalarse, quería impresionar a Mariana, una elegante mujer de 63 años quien era dueña de una compañía de eventos.

Primer encuentro: Tuvo una química increíble, la llevó a cenar, bailaron al compás de la salsa, tomaron vino, compartieron con los amigos de Peter y el engalanado con su dama la que le resultó excelente conversadora. Una noche exquisita. Las dos de la mañana

_Mañana te vengo a buscar. Te quiero llevar para que conozcas a alguien.

Segundo encuentro: Lugares hermosos, llenos de negrura y de raza como le gustaba a Mariana, cenas, amistades y parte de la familia de Peter quien se sentía fascinado. Aquella mujer lo hipnotizaba. Conversaban de todo y tenían miles de cosas en común. Dos de la mañana

Otros encuentros: Llenos de ternura, de diálogos, de poesía, de compañía y siempre finalizaban a las dos de la mañana, muchas veces en unos torrentes de lluvia a los que Peter le quería dar explicación. La lluvia lo que sirve es para florecer, para limpiar, para arrastrar .Se compartían poemas, preparaban cenas y se compartían sus penas y alegrías juntos. Mariana era feliz, siempre riéndose, se sentía diferente. Una noche al despedirse Mariana lo abrazó intensa y largamente.

__ ¡Respete!, dijo Peter con ojos pícaros, ella no entendió solo rió ante la ocurrencia de su amado amigo.

Noche lluviosa. La cena había quedado riquísima y la conversación divina. Llovía a torrentes y mariana lo acompañó al carro con su sombrilla.

__ ¿Por qué me mira así? Esos ojos de picarona, ¡Que delicia de mujer! Y yo aquí con esta lucha mortal. No pudo más. Estampó en los labios de aquella mujer divina toda la pasión y ternura que deseaba regalarle. Fue correspondido de la misma forma. Beso largo, largo lleno de una sensación de tanta ricura que ninguno podía despegar. Adhesión total.

__ ¡Ay que rico! Ella rió esta vez como niña adolescente que ha sido besada por primera vez

Los demás días eran llenos de besos, de ternuras, de más poesía. Peter conocía de las situaciones de Mariana y su sobrina quien trabajaba con ella. Como hombre sabio les aconsejaba y ayudaba en todo lo que estaba al alcance de su mano. La sobrina de Mariana se convirtió en su sobrina también. Todo era perfecto.

__ ¿Cómo decirle a esta especial mujer que el cáncer me consume? ¿Cómo decirle que es cuestión de meses?

Peter caminó hacia su carro sin mirar atrás. Al día siguiente saldría de viaje y no se sabría más de él.

NORA CUZ ROQUE (SOLANGEDAR)

Nace en Guayama el 19 de febrero del 1947. Posee dos grados: Bachillerato en educación y Grado de Maestría en investigación y gestión cultural de la Universidad de Puerto Rico, Recinto de Río Piedras.

Durante cerca de cuarenta años ha consagrado su vida a la educación de niños, jóvenes y adultos en la formación de grupos en las artes teatrales, los bailes folclóricos y la declamación de poemas negristas.

Con el asesoramiento, talleres y otras ayudas de profesores como el novelista y dramaturgo

William Mejía, fundador de la Colectividad Teatro-Sur de República Dominicana y de los profesores Mónico Bata y Katerina Barrios de la organización Atelana Teatro, y del incansable poeta Wilmer Peraza de Barquisimeto, Lara de Venezuela, y comienza a dar rienda suelta a la musa que por años guardaba en un cajón. Revisa sus trabajos, los acomoda a lo estudiado, sigue recomendaciones y trabaja incansablemente en lo que hoy es su trabajo literario.

Ha publicado cuatro poemarios, (*Gritos silentes de mi patria y de mi gente, Amaneceres a la luz de tus ojos: Vieques Liberada, Verso y tambó, A la luz de la tiniebla)*

En el 2009 decidió crear un movimiento literario en los pueblos del Sur conocido como La Liga de Poetas del Sur con el que labora constantemente.

¡Diache!Entretelas del viejo cajón" es su primer libro de cuentos con el que desea motivar para otros trabajos literarios.

Nora Cruz Roque (Solangedar): una mujer que disfruta servir.

La Liga de Poetas del Sur, inc. Es un movimiento literario y cultural fundado en noviembre del 2009 por la gestora cultural Nora Cruz, y un grupo de poetas, declamadores y amantes de las letras, la cultura y el arte. Desde sus inicios, los miembros de La Liga de Poetas del Sur han sido muy activos en organizar y llevar a cabo actividades destinadas a destacar, promover y desarrollar la actividad literaria, y en especial, el género de la poesía en el área sur-sureste de Puerto Rico (teniendo representación de los pueblos de Guayama, Salinas, Santa Isabel, Coamo, Arroyo, Patillas y Maunabo. La Liga ha celebrado bohemias, festivales culturales, certámenes literarios y talleres, además de colaborar con otros grupos literarios y cívico-culturales, en su búsqueda de cumplir con su misión. El año 2013 ha sido un año muy significativo para La Liga de Poetas del Sur, inc. Por el fuerte desarrollo en la producción y publicación de libros, cumpliendo finalmente con su visión original tras muchos años de trabajo. Ahora, con la fundación de su propio sello editorial (Colectivo Editorial La Liga de Poetas del Sur), los miembros de La Liga se proponen rescatar y promover los trabajos de decenas de escritores a quienes se les ha hecho difícil el proceso de la edición y publicación de sus obras.

Este trabajo se terminó de producir en
septiembre del 2013
Se hizo un nuevo cotejo en julio del 2014

Made in the USA
Columbia, SC
29 August 2019